Eine echt jetz Produktion

Butter

Ein Kurzthriller

AF284512

Bibliografische Information der Deutschen
Nationalbibliothek:
Die Deutsche Nationalbibliothek verzeichnet diese
Publikation in der Deutschen Nationalbibliografie;
detaillierte bibliografische Daten sind im Internet über
http://dnb.dnb.de abrufbar.

© 2021 echt jetz Produktion

Herstellung und Verlag: BoD – Books on Demand,
Norderstedt

ISBN: 978-3-7534-2497-2

Vorwort

Diese Kurzgeschichte ist reine Fiktion. Der Fantasie wurde freien Lauf gelassen, jedoch das ein oder andere Detail der Realität entnommen. Weitere Übereinstimmungen sind zufälliger Natur.

echt jetz Produktion bedankt sich bei allen, die JA zum Leben sagen und gerne mal das Kopfkino anschalten.

Butter

Es war an einem Dienstag. Es hätte auch Mittwoch oder Donnerstag sein können, aber es war eben Dienstag. Einige Dinge passieren, werden im Hippocampus abgespeichert, sind theoretisch jederzeit abrufbar, aber man „vergisst" sie doch oder denkt zumindest relativ selten daran. Es sei denn, die Erinnerung wird durch irgendetwas getriggert. Manchmal sind es Gerüche, mal sind es Geräusche oder Gesichter, die diese verschütt gegangenen Erinnerungen wieder ins Bewusstsein rufen und uns erneut durchleben lassen, welche Gefühle mit diesen Gedanken verknüpft waren, sind und auch immer sein werden. So, wie an diesem Dienstag, als ich im Supermarkt an der Ecke ein Stück Butter kaufte. Butter. Man braucht sie zum Backen, Kochen, um trockene Scheiben Brot für die Speiseröhre schlüpfrig zu machen oder Nudeln vor dem Verkleben zu bewahren. So zumindest würden die meisten Menschen ihre Assoziationen mit Butter beschreiben, wenn man sie in der Fußgängerzone darauf anspricht. Ich denke bei Butter eigentlich auch an Plätzchen. Nur nicht an diesem Dienstag, an dem es mich wieder daran erinnerte, wie sehr ich meine beste Freundin Jana liebe, wie Butter mir einmal das Leben rettete und warum ich nie wieder Pommes rot-weiß essen kann.

Es war vor etwa 15 Jahren, als ich mir von meinem damals nicht allzu üppigen Gehalt einen Urlaub vom Mund abgespart hatte. Portugal. Eigentlich wäre mir das Land sogar egal gewesen, aber es mussten gewisse Kriterien mit meinen wohlverdienten Urlaub erfüllt sein: Sonne, Strand bzw. Meer im Allgemeinen, es müsste deutlich wärmer sein als bei uns zu Hause, dürfte auf keinen Fall von Touristen überlaufen und zu

4

guter Letzt sollte natürlich meine Freundin Jana sich mit dem Reiseziel gut anfreunden können. Schließlich fuhren wir fast immer zusammen. Gerade dieses Jahr war es besonders wichtig gemeinsam Urlaub zu machen, weil bei Jana einige Veränderungen anstanden und sie dringenden Bedarf nach Tapetenwechsel und einer Möglichkeit mit Distanz über einige Dinge nachzudenken. Wo sollte es beruflich hingehen so kurz nach dem fertigen Studium, ob sie in ihrer Beziehung glücklich war und ob sie eines Tages mal Kinder haben sollte oder nicht. Einiges stand in der Schwebe und musste von einigen Bieren und den Wellen des Strandes weggespült werden. Sie war eine tolle Frau. Klug, fokussiert und trotzdem zurückhaltend und demütig. Sie hatte Sinn für Humor und verlor bei allem Zynismus nie ihren Idealismus aus den Augen. Eine grandiose, wenn auch manchmal widersprüchliche Eigenschaft. Ich genoss ihre Gesellschaft immer sehr. Es war unaufgeregt und ehrlich zwischen uns, authentisch und direkt und auch, wenn wir nicht immer einer Meinung waren, fanden wir wohlwollend stets einen Kompromiss. Wir standen auch nicht auf dieselben Typen, was vieles einfacher machte. Was will man mehr bei einem Urlaubsbuddy. Wir hatten uns, nach langer Recherche, für ein kleines Nest südlich von Lissabon namens Vila Nova de Milfontes geeinigt, das sich laut Reiseführer besonders gut eignete, um surfen zu lernen. Natürlich würde ich nie Profisurfer werden, aber irgendwie hat es mich schon immer gereizt. Jana dazu zu überreden war nicht schwer. Außerdem lernte man ja vielleicht den einen oder anderen verwegenen Surfertypen kennen, der einem dann mit der Gitarre am Strandlagerfeuer abends den Hof machte. So kitschig und klischeehaft das klang, so reizvoll war der Gedanke tatsächlich irgendwie. Doch es sollte ganz anders kommen.

Die Anreise war wie immer, stressig und nervig. Auf dem Weg aus dem Haus fiel mir ein, dass ich die Tasche mit meinen Bikinis vergessen hatte und musste die vier Stockwerke nochmal nach oben hetzen. Der Taxifahrer auf dem Weg zum Flughafen hatte eine unmenschliche Knoblauchorgie hinter sich, übersteigerten Redebedarf, und am Terminal B angekommen, wartete ich 25 Minuten länger auf Jana, als vereinbart. „Sorry, meine scheiß Bürste und das Ladekabel lagen noch bei Sven in der Wohnung!", keuchte sie, als sie abgehetzt mit dem Rollkoffer im Stechschritt auf das Flughafengebäude zugelaufen kam. Wir umarmten uns kurz, schulterten dann alles Gepäck und machten uns auf den Weg nach drinnen. „Gate 38", eröffnete ich ihr und erkundigte mich dann, „freust du dich?!" „Willst du mich verarschen!?" Sie stieß mir mit dem Ellbogen in die Seite". Ich denk seit ner Woche an nichts anderes mehr!" Wir grinsten beide breit und tauchten in das rege Treiben aus robotischen Anzugfritzen, genervten Eltern mit ihren quengelnden Kindern und sonnenverbrannten Ballermannheinis mit ausrasiertem Nacken ein. Am Check-in angekommen gaben wir Janas Koffer und meine fette Reisetasche auf und stellten uns in der Schlange bei der Sicherheitskontrolle an. Ich war jedes Mal so beeindruckt, wie die Mitarbeiter am Check-in mit dieser lässigen Bewegung den Aufkleber an Gepäckstücken in einer Millisekunde anbrachten. Ähnlich wie Handwerkern bei Dingen zuzusehen, für die man gefühlt selbst Jahre länger braucht, weil es einem einfach an Routine mangelt. Dafür verstand hier bestimmt keiner sonst etwas von maschinennahen Sprachen, wie Python. Naja, jeder hat eben andere Königsdisziplinen. Solche wenig zielführenden Gedanken halfen dabei die Wartezeit bis zum halbherzigen Durchleuchten des Handgepäcks totzuschlagen. Es war trotz Janas Verspätung noch genug Zeit sich bis zum Boarding zu langweilen. Wir flachsten herum und fragten uns, wie sauber der Bungalow wohl sein würde, da die Bilder auf den Buchungsseiten selten der Wirklichkeit entsprachen. Verloren in Gedanken an riesige Kakerlaken und Schimmelränder im Sanitärbereich brachten wir die Zeit ganz gut rum. Jana erzählte mir den neusten Klatsch aus ihrer Beziehung zu Sven und was dieser wieder für eine neue Geschäftsidee hatte. „Fluggäste des Fluges 2947 nach Lissabon werden gebeten sich zum Boarding am Gate 38 einzufinden!" knarzte es durch die Lautsprecheranlage. Wie immer rannten gleich ein paar überambitionierte Affen mit ihrem Handgepäck in Richtung Schranke, die Reisepässe gezückt in der Hand und das Jäckchen über den Unterarm gehängt. Als müssten sie dringend pinkeln und stünden in der Schlange zur einzigen Toilette im Umkreis von 6km. Als würde es keine Reservierungen für jeden verdammten Sitzplatz in dieser Maschine geben. Als würde die Fluggesellschaft grundsätzlich die letzten 20 Fluggäste in der Schlange mit den Worten abweisen „Tut uns sehr leid, aber für Sie ist jetzt doch kein Platz mehr, aber Sie dürfen der Maschine gerne nachwinken!" Piep, Uniformierte anlächeln, ab in den Flieger. Der Flug war in etwa so spannend, wie die Einführung in die Nutzung der Sauerstoffmasken. Wir redeten kaum, Jana schlief die meiste Zeit und wurde erst wieder wach, als der Kapitän irgendwas von schönem Wetter am Zielort faselte. Mit dem Erlöschen der Anschnallleuchten klackte es überall um uns herum und die Urlaubshungrigen klaubten ihre sieben Sachen zusammen, um die Maschine im Gänsemarsch zu verlassen. Ich mochte es an einem gänzlich anderen Ort aus der Maschine zu steigen. Aus der Druckkabine in ein völlig anderes Klima gespuckt zu werden, war ein herrliches Gefühl. Die Luft roch.. anders. Weder gut noch schlecht, aber allein das Bewusstsein über die klimatische Veränderung machte es erstrebenswert zu fliegen und fühlte sich sofort wie Urlaub an. Wärmer war es auf jeden Fall und erfüllte damit schon mal einen der wichtigsten Punkte auf der Urlaubscheckliste. Im Flughafen folgten wir der Beschilderung zur Gepäckausgabe. Nun hieß es wieder warten. Ein kleiner Junge hatte sich beim Surfen auf dem Gepäckband den Fuß zwischen zwei der fahrenden Gummilappen eingeklemmt, als das Band um die Kurve führte. Sein panisches Geschrei war das Highlight dieser Warteperiode – abgesehen von dem interessanten Typen, der mit der Sonnenbrille im Haar Satrés „der Fremde" las. Bildung macht einfach sexy! Janas Koffer kam zuerst, wenige Minuten später auch meine Tasche, die so deformiert aus dem mit transparenten Plastiklamellen verhängten Loch in der Wand auf das Band geboren wurde, wie eine Beckenendlage mit zerquetschter Fontanelle. Wenigstens schrie sie nicht, wie das Pendant aus Fleisch und Blut. Zack, alles auf einen Gepäckwagen geschmissen und in Richtung Ausgang. Draußen konnten wir erst mal die Luft richtig genießen. Der leicht salzige Geruch vom Meer, der Duft der hiesigen Flora und etwa dreimal so viele Autohupen wie in Deutschland. Irgendwie musste man ja die feurige, südländische Mentalität zu spüren kriegen.

Irgendwas ist immer. So war der bestellte Mietwagen nicht verfügbar und man vertröstete uns darauf, dass sich bald jemand darum kümmern würde. Jana nutzte die Zeit mir von den vielen Möglichkeiten zu erzählen, die sich ihr beruflich jetzt auftaten und was für sie daran reizvoll fand Kinder zu unterrichten. Nach einer Weile kam ein schlaksiger Typ in einem schlechtsitzenden Polyesteranzug mit einem Autoschlüssel in der Hand auf uns zu und betitelte uns in gebrochenem Englisch mit „Ladies.". Er zeigte in Richtung des Parkplatzes und wies uns freundlich den Weg zur Tür.

Entweder wirkten unsere genervten Gesichtsausdrücke oder es gab doch einen Gott da draußen. Da unser Wagen nicht bereitstand, gab es nämlich ein fettes Upgrade. Auch wenn ich zu Hause alle SUV-Fahrer aus umwelttechnischen Gründen scharf verurteilte, konnte ich ein leichtes Glucksen vor Freude nicht unterdrücken, als der Typ auf dem Parkplatz auf den schwarzen Porsche Cayenne zeigte. Ein kurzer Blick zu Jana machte klar, dass es ihr ähnlich ging. „Ich fahre", schoss es geistesgegenwärtig aus ihrem Mund, worauf ich nur noch „Bitch!" entgegnen konnte. Nach einer hingekritzelten Unterschrift und obligatorischem Blabla über Versicherungen, stiegen wir ein und fuhren los. Geiler Schlitten! Janas Gesichtsausdruck nach zu urteilen fuhr er sich so schön, wie er aussah. Wir drehten die Musik so laut, dass wir gerade so noch verstehen konnten, was die emotionsgeladene Stimme des Navi uns mitteilen wollte. Der Stadtverkehr war nervig und Verkehrsregeln gab es keine. Eher eine darwinistische Sicht auf den Straßen – the fittest will survive. Die Autobahn in Richtung Süden war deutlich entspannter, auch wenn Jana fluchte, dass sie die Karre nicht ausfahren durfte. Etwa zwei Stunden verbrachten wir mit einer fantastischen Aussicht im Auto. Rechts das Meer, die Wellen, der unendliche Horizont über dem Atlantik, links beigegraue Berge mit nur wenig Vegetation, die die Landschaft prägten. Die Sonne schien herrlich, brachte das Meer zum Glitzern und die paar verlorenen Schafe am Himmel vermochten die Kraft des Sommers nicht zu beeinflussen. Als Vanessa Carltons „1000 miles" im Radio lief, schmetterten wir aus voller Kehle mit. Ebenso bei „Unbreak my heart". Ich hatte schon alles, was mich zu Hause genervt hatte vergessen, noch bevor wir auf den verschmutzten Parkplatz vor unserem Bungalow fuhren. Das Haus war von außen eine echte Bruchbude und es türmte sich Sperrmüll in der Einfahrt. „Scheiße, wenn es drin genauso aussieht, penn ich im Auto!" Wir waren beide nie pingelig, was die Unterbringung anging, aber alles hatte eine Schmerzgrenze und ich sah es genauso. Die Schlüssel lagen am vereinbarten Ort in einem kleinen Safe mit Zahlenschloss. Zum Glück war es drin gar nicht so schlimm, wie der äußere Eindruck zunächst vermittelte. Es war besenrein, roch vernünftig nach Chlorreiniger und die Betten waren in einem guten Zustand. Sogar das Bad war ohne Paranoia gut benutzbar. Die paar gebrochenen Fliesen und Risse hier und da in den Wänden waren uns scheißegal – Hauptsache sauber! Auch die Küche war in Ordnung, bis auf den Kühlschrank, der etwas müffelte und in dessen Eisfach eine alte Pizza steckte, die mit dem Klumpen Eis fest verwachsen war. „Auch nicht schlimmer als bei mir daheim", dachte ich mir und musste schmunzeln. Und all diese Kleinigkeiten waren eh nebensächlich, als wir die Vorhänge im Wohnzimmer aufzogen, die Balkontür öffneten und direkt über dem Meer standen. Wow! Es dauerte eine Weile, bis einer von uns sich traute diese vom Panorama erzeugte Stille zu unterbrechen. „Fuck, is das schön!", eröffnete ich und Jana pflichtete mir mit einem halb abwesenden „Ja!" bei. Das Meer war etwa 3 ½ Meter unter uns und die Brandung peitschte rhythmisch gegen die Felsen, wie eine Urwaldtrommel in Zeitlupe. Die Kraft hinter den atlantischen Wellen war beeindruckend und Ehrfurcht erfüllte mich, als mir klar wurde, dass wir zum Surfen lernen hier waren.

„Ola, meninas!" Wir erschraken beide ziemlich, als wir in das Lächeln eines gut gebauten ca. 25-jährigen Kerls blickten, dessen wuschelige Frisur und sein Dreitagebart so gut zur Brandung passten, wie der Porsche zu unserem Urlaubsfeeling. Er trug gelbe Flipflops, eine kurze, rote Badehose und ein verwaschenes, weißes Muscleshirt mit einer grünen Palme darauf. „Willkommen in das casa mar, ich bin Rodrigo," brachte er mit sympathischem Akzent hervor und reichte uns seine raue Hand. Wir begrüßten ihn und er stellte sich als Sohn des Besitzers vor, der nach dem Rechten sehe und sich um die Belange der Gäste kümmere. Er holte aus seiner mitgebrachten Kühltasche ein paar Bier und eine Ananas und verstaute beides im Kühlschrank. „Tut mir leid wegen das Pizza! Soll ich neue fridge bringen!?" Jana winkte entspannt ab „Nein, nein, kein Problem! Und vielen Dank für das Bier!" „Ja, voll nett! Danke für die tolle Begrüßung!", ergänzte ich mehr beiläufig. Rodrigo schien dauerhaft zu grinsen. Irgendwie nett und nur ein kleines bisschen gruselig. Er erklärte uns, dass man den Warmwasserboiler nachts ausstellen solle, wie wir das WLAN nutzen könnten und dass die Klimaanlage bitte nur zu nutzen sei, wenn wir die Fenster geschlossen halten – was wir nachts aber sowieso machen sollten, wenn wir nicht, wie er es nannte „..mit Geckos Party machen.." wollten. Auf dem Küchentisch lag ein Zettel, auf dem handgemalt der Weg zum nächsten Supermarkt und ein paar Notfalltelefonnummern standen. Diesen erklärte er uns mit der Ergänzung, dass wir nicht in das einzige Restaurant im Ort gehen sollten. Eine Erklärung warum, blieb er uns allerdings schuldig. „Wenn ihr braucht irgendwas, sagen mir und ich take care of you, i promise.. let me know, if u need anything!" switchte er ins Englische und winkte uns beim Herausgehen freundlich zu. Als die Tür ins Schloss fiel, blickte mich Jana verunsichert an. „Voll schräg, dass er einfach reinkommt. Der hat doch unser Auto gesehen. Wir hätten halt auch einfach mal nackt sein können oder so!?" Ich teilte Janas Bedenken, unterstellte ihm aber nichts Böses. Schließlich wollte er nur gastfreundlich sein.

Wir zogen uns um, klatschten uns Sonnencreme auf unsere käsige Haut und setzten uns mit zwei der Biere auf den Balkon. „Prost! Übrigens darf ich die Karre zurückfahren!", scherzte ich und Jana stimmte nickend zu. Es war einfach herrlich, geradezu paradiesisch! So ließ es sich aushalten. Wir waren wie hypnotisiert vom Rauschen des Meeres und saßen eine Weile einfach nur da und blickten aufs Wasser hinaus. „Lass uns einkaufen gehen und dann heute gar nichts mehr machen." schlug ich vor und Jana willigte zufrieden ein. Der Surfkurs ging sowieso erst in 2 Tagen los und bis dahin wollten wir nur ein bisschen die nähere Umgebung erkunden und uns einfach mal entspannen. Wir tranken aus, fotografierten uns die Route zum Supermarkt vom Zettel auf dem Tisch ab und machten uns auf den Weg ins Dorf. Es war geradezu malerisch pittoresk. In die Küstenhänge geschmeichelte schmale Gässchen, gut gepflegte mediterrane Häuschen hier und da, jeder auf der Straße begrüßte einen herzlich und so kamen wir bestens gelaunt beim Supermarkt an, der den Namen kaum verdiente, da er in etwa so groß war, wie das Wohnzimmer meiner Eltern. „Supermercado" stand auf dem verwitterten Schild, auch wenn der Eingang an eine Strandbude auf Malle erinnerte. Trotzdem gab es hier alles, was wir brauchten. Ein paar Nudeln, frisches Obst und Gemüse, zwei Flaschen hiesigen Wein und zwei Träger „Super Bock", was scheinbar das einzige verfügbare, aber auch das in Portugal am weitesten verbreitete Bier war. Dazu Brot, Käse, Butter, Milch und Kaffee. Die dicke, ältere Frau an der Kasse brabbelte irgendwas Portugiesisches vor sich hin, was wir selbst dann nicht verstanden hätten, wenn wir der Sprache mächtig gewesen wären. Dann lachte sie rauchig, herzlich und kassierte uns ab. Zwei der Biere öffneten wir schon beim Verlassen des Ladens. Es war pisswarm und schmeckte fürchterlich, aber es war trotzdem irgendwie gut mit der

Kulisse. Es fühlte sich nach Urlaub an! „Wie wärs mit nem Umweg zum Strand, bevor wir zurück in die Bude gehen?", erkundigte sich Jana und hatte mir damit aus der Seele gesprochen. So schlenderten wir einfach weiter den Hang hinab, bis wir ein Schild mit „de praia" fanden, dem wir dann folgten. Der Sand war heiß an den Füßen. Wie magisch angezogen gingen wir bis an die verschwimmende Grenze zwischen trockenem und nassem Sand. Das Gefühl mit den Füßen endlich im Meer zu stehen, war der Inbegriff davon, im Urlaub endlich angekommen zu sein. Gerade so, dass wir nicht vom züngelnden Wasser der Gischt erreicht werden konnten, setzten wir uns hin und genossen die Aussicht. Ob das wohl der Strand war, an dem wir auch surfen lernen sollten? Es war so gut wie niemand zu sehen und damit war schon der zweite Punkt auf unserer Liste abgehakt – nicht zu touristisch. Und vielleicht gerade deshalb kam man sich ein bisschen als Fremdkörper in diesem Dorf vor, weil man eben nicht in der Masse von Schönwetterasylanten unterging, sondern wirklich auffiel. Aber das war okay, weil wir bereit waren demütig die Gastfreundschaft und Vorzüge der kulturellen wie landschaftlichen Unterschiede wertzuschätzen. Eine ganze Weile und 4 leere Super Bock Flaschen später, ging die Sonne langsam unter und tauchte das ganze Geschehen in eine unwirkliche Fantasiewelt, die man sonst nur von Bildern kannte. Warme Rot und Orangetöne verschmolzen mit dem satten, glitzernden, dunklen Blau des Meeres, das sich langsam zu Grau wandelte. Der Wind wehte durchgängig angenehm und es schien, als würde jemand die Sonne sachte hinter den Horizont pusten wollen. Wenigstens, was die Fülle an Fotos von diesem Szenario anging, verhielten wir uns, wie richtige Touristen. „Wollen wir langsam zurück, mir wird gleich kalt, wenn die Sonne ganz weg ist," teilte mir Jana mit und auch mir fiel dann auf, dass ich schon Gänsehaut vom Wind bekam, der ohne die Kraft der Sonne im Nacken deutlich kälter wurde. „Okay," pflichtete ich bei und nahm sie beim Aufstehen spontan in den Arm. „Schön mit dir hier zu sein!" Sie lächelte mich warm an und drückte mich fest. „Finde ich auch!". Es war so schön sie in der Nähe zu wissen. Auf dem Rückweg liefen wir dann doch etwas schneller, da es sich deutlich abgekühlt hatte. Zu Hause angekommen verstauten wir die Einkäufe. Ich hatte wohl auf der Butter gesessen, was ihr die Form eines Keils gab. Also verstaute ich das aufgeweichte und scharfkantige Stück Fett im Tiefkühlfach neben der Gefrierbrandpizza. Wir scherzten über die Toppits Werbung und dass es der Pizza in einem besagten Beutel sicher besser ergangen wäre. Nach einer wärmenden Dusche setzten wir uns wieder raus auf den Balkon und blieben noch eine ganze Weile in Decken gehüllt da. Ohne die visuellen Reize des Tages erschien das Rauschen der Brandung nun um so gewaltiger. Die Sterne am Himmel verhießen uns einen herrlichen Tag morgen. Als bis auf die weißen Glimmerflecken am Himmel alles in Dunkelheit gehüllt lag, beschlossen wir schlafen zu gehen. Es muss etwa 1 Uhr gewesen sein und Reisetage sind ohnehin immer anstrengend. Während ich noch meine Decke und mein Handy draußen zusammensuchte, hörte ich Jana im Wohnzimmer vor Schreck kreischen. Das erste, woran ich dachte, war irgend ein Tier, auf das Jana nicht vorbereitet war, aber ich sollte eines Besseren belehrt werden. Rodrigo stand mitten im Wohnzimmer – und strahlte starr blickend. Er war nicht einmal verlegen. Jana schrie ihn wutentbrannt an: „Alter, das geht gar nicht! Schon mal was von Privatsphäre gehört!? Ich hab keinen Bock in meiner Bude irgendwelche Typen zu haben, wenn ich sie nicht eingeladen hab!" Ich hatte selten gesehen, dass Jana so die Beherrschung verlor und war dennoch gänzlich auf ihrer Seite, da auch ich es äußerst verstörend fand, dass Rodrigo ohne triftigen Grund

und ohne Vorankündigung dumm grinsend in unserem Haus stand, für das wir schließlich Miete bezahlten. „What the hell are you doing here!?", fauchte ich ihn an. Er stand nur da und schaute mit einem gedankenversunken lächeln auf das was kommen sollte. Erst blickte er zu Jana, dann zu mir. Aber er machte keine Anstalten sich zu bewegen oder gar unser Haus zu verlassen. Wie in Trance stand er leicht abwesend und trotzdem gefasst einfach nur da. Das machte mir Angst. Und auch in Janas Augen konnte ich Hilflosigkeit erkennen. Also trat ich drohend mit dem Handy in der Hand näher und ging in die Offensive „I will call the cops, right now! Get the fuck out of here!" Beschwingt von meinem Vorstoß fasste auch Jana neuen Mut, hob drohend eine leere Bierflasche und ließ ihn wissen, dass sie es ernst meine „Du verpisst dich jetzt auf der Stelle, verdammt nochmal! Wir wollen unsere Ruhe!" Wieder kam seinerseits keine Reaktion. Grinsend stand er einfach nur da und wanderte mit seinem halbleeren Blick zwischen mir und Jana hin und her. Sekunden des Schweigens kamen mir vor, wie qualvolle Stunden der Pein und die erdrückende Stille wurde vom Rauschen der Wellen untermalt. Meine Angst wurde zu Panik und während ich mein Handy hochnahm, es entsperrte und die Polizei anrufen wollte, sagte ich halblaut, als könne er mich nicht hören zu Jana, die etwas blass in meine Richtung geschlichen kam: „Ich ruf jetzt die scheiß Bullen, hab die Schnauze voll!" Erst jetzt wurde mir bewusst, dass ich nicht mal die Nummer der portugiesischen Polizei kannte. Mir schossen gleichzeitig viele Gedanken durch den Kopf. Während ich mich für Jana verantwortlich fühlte, ging ein Gedankenstrang in Richtung der Szenarien, die sich hier nun abspielen könnten. Ein anderer dachte pragmatisch darüber nach, dass Portugal in der EU war und es sicher so etwas gab, wie eine EU-Richtlinie für Notrufnummern und dass ich einfach mal die Deutsche 110 oder 112 probieren sollte. Dann fiel mir ein, dass ein gesperrtes Handy immer automatisch noch die Funktion gewährt einen Notruf abzusetzen. Jana griff nach meiner Hand, als Rodrigo plötzlich langsam auf uns zukam. Sie zitterte. Ich sperrte das entsperrte Handy kurz und drückte dann auf die Notruffunktion. Den Schlag sah ich nicht kommen. Er hatte einen Hammer in der Hand, mit dem er mir mit einer Vorwärtsbewegung das Handy aus dem Griff schlug. Ich schrie und übertönte damit das Krachen, das durch das auf die Wand schlagende Handy verursacht wurde. Mein Schrei war ein Reflex und ich überlegte, ob es der Schock durch den Schreck oder den Schmerz in meiner Hand ausgelöst wurde, da der Metallkopf einen Teil meiner Hand zertrümmerte. Es müsste der Schreck gewesen sein, denn der Schmerz setzte erst jetzt ein. Mir wurde auf der Stelle kotzübel. Jana wollte rechts an Rodrigo vorbei zur Haustür rennen. Dieser schubste sie, so dass sie ins Stolpern geriet und das Gleichgewicht verlor. Sie stürzte zu Boden und bekam noch in der Fallbewegung Rodrigos Hammer mit voller Wucht auf den Kopf. Blut spritzte an die schmutzigweiße Wand und hinterließ rote Sprenkler, wie bei Spritzbildern von Wasserfarben, bei denen die Eltern jedes Mal bereuten, es den Kindern erlaubt zu haben, da farbige Tropfen im Umkreis von drei Metern entstehen. Jana war stumm. Ihr Körper zuckte. Blut lief ihr aus einer klaffenden Wunde am Hinterkopf und verteilte sich gleichmäßig um sie herum. Ihre Haare waren nass vom Blut und es sah aus, als wäre sie frisch geduscht – zumindest auf der einen Hälfte ihres Kopfes. Ich konnte keinen klaren Gedanken fassen. In mir stand der Impuls in den Startlöchern Janas Namen zu schreien, ihr zur Hilfe zu eilen, mit der unbändigen Wut in mir Rodrigo zu überwältigen. Doch ich verlor lediglich die Kraft in den Beinen und sank auf die Knie. Mit weit aufgerissenen Augen lag Jana einfach nur da. Stumm. Ich fühlte mich schuldig. Als sei ich dafür verantwortlich. Wie gelähmt starrte ich ihren leblosen Körper an. Hoffnungsvoll redete ich mir ein, Jana sei bestimmt nur ohnmächtig. Kein Gedanke in meinem schockverzerrten Kopf ergab im Moment wirklich Sinn. Eine erschreckende Ruhe und Besonnenheit ausstrahlend beugte sich Rodrigo prüfend über Jana und wandte sich dann mir zu. Zwei Schritte trennten ihn von mir. Ich musste handeln – jetzt oder gar nicht mehr! Das Adrenalin in meinem Kreislauf schaffte einen wachen und klaren Moment. Ich spiele in Windeseile die Möglichkeiten durch. Er war definitiv stärker als ich und dazu bewaffnet. Eine direkte Konfrontation war also keine gute Idee. Den Weg zur Tür vorne versperrte er und ich wollte natürlich nicht, dass mir das Gleiche passiert, wie meiner besten Freundin. Fuck, meine beste Freundin wurde gerade direkt vor mir erschlagen. „Konzentrier dich!", zwang ich mich. Einen der zwei Schritte in meine Richtung hatte er schon gemacht. Dieses anhaltende Grinsen in seiner Fresse war nun alles andere als sympathisch, sondern nur noch krank und abscheulich! Ich musste Zeit gewinnen, um weiter nachdenken zu können, also sprang ich von den Knien wieder auf die Beine und wich einen Schritt zurück in Richtung offener Balkontüre. Das Meer, das war die Idee! Aber was, wenn ich auf den Felsen landen und mir die Beine brechen würde? Wäre das besser als ein Hammer im Kopf? Oder würde ich es ihm nur noch einfacher machen, wenn ich mit gebrochenen Beinen dort unten nicht mehr mobil genug wäre, um zu fliehen? Ich brachte mit dem nächsten Schritt zurück instinktiv den Tisch zwischen uns, wie eine sinnlose Barriere, die mir trotzdem wertvolle Zeit verschaffte. Wie kann ich ihn noch beschäftigen, schoss es mir durch den Kopf. „Was genau willst du von uns!?" Die Hoffnung ihn in ein Gespräch zu verwickeln wich der Tatsache, dass er keinen besonders großen Wert darauf legte sich mit mir zu besprechen. Stattdessen sprang er auf den Tisch.

Wahrscheinlich, um dem kindischen Spiel zu entgehen, richtungswechselnd um die Tisch hin und herzurennen. Der Geruch von Janas Blut erfüllte den Raum und in meinem Mund schmeckte es nach Eisen. Als Rodrigo in die Hocke ging, um zum Sprung in meine Richtung anzusetzen, trat ich geistesgegenwärtig mit voller Wucht eines der Tischbeine weg. Es brach und flog zur Seite. Er verlor das Gleichgewicht und krachte auf den Boden ohne sich abfangen zu können. Der Hammer flog durch die Fensterscheibe auf den Balkon und rutschte bis an die Kante. Rodrigos erste Bewegung beim Wiederaufrappeln galt dem Hammer. Gleichzeitig war damit die Entscheidung über meine nächste Aktion gefallen – der Ausweg über den Balkon war tabu und dafür der Weg Richtung Tür frei. Noch während ich darüber nachdachte, dass Weglaufen selbst bei Nacht auch nicht die besten Chancen bot, war es zu spät, denn ich setzte bereits zum Spurt an und es mangelte schlichtweg an Alternativen. „Gib Alles!", dachte ich mir. Doch er hatte mich durchschaut, ließ den Hammer auf dem Balkon liegen und hechtete stattdessen in meine Richtung. Im Sprung erwischte er gerade so meinen Fuß, sodass ich das Gleichgewicht verlor und taumelte. Ich stürzte in Richtung Küche und alle Fernseherfahrung konditionierte mich auf Anhieb auf einen Gedanken: du musst ein Messer finden! Doch bevor ich grübeln konnte, wo zum Geier in dieser scheiß Küche überhaupt Messer gelagert werden, zog er mich in seine Richtung. Ich trat panisch nach ihm, begann aus Leibeskräften zu schreien, aber egal, wie oft ich ihn mit den Füßen und aller Gewalt traf, war seine Entschlossenheit offenkundig größer. „Was für ein verfickter Psycho!", schoss es mir durch den Kopf. Ich krallte mich an der Kühlschranktür fest, doch er riss so stark an meinem Bein, dass sowohl ich, als auch der Kühlschrank in seine Richtung rutschten. Der Kühlschrank fiel auf die Seite, die Milch schlug auf den Boden auf und zerplatzte. Ich wollte mich mit der Hand abstützen, rutschte in der Milchpfütze aus und knallte mit dem Kinn so hart auf den Boden, dass ich fast das Bewusstsein verlor. Geräusche drangen nur noch dumpf in mein Gehirn vor und ich musste mich zwingen mich weiter zu konzentrieren. Mein Gesicht lag seitlich in Milch und ich sah, wie sich unweit von mir Janas Blut mit dem Weiß der Milch vermischte und darin Schlieren zog. Rodrigo hatte sich nun aufgerichtet und kam einen Schritt humpelnd auf mich zu, während ich mit meinen letzten Kräften versuchte wegzukriechen. Und da war sie. Butter. Hart wie Stein. In der Form einer Axt. Ich weiß nicht wie, aber ich griff danach und holte sofort aus. Der erste Schwung mit der messerscharfen Butter traf ihn kurz über dem Knie am Oberschenkel und rammte das tierische Fett tief in sein Fleisch. Er schrie auf, hielt sich das Bein und warf den Kopf schmerzverzerrt in den Nacken. „Weiter!!!", feuerte ich mich in Gedanken selbst an. Fast hätte ich den mit Milch verschmierten Butterkeil aus den Fingern verloren, fasste nach und richtete mich während des zweiten Schwungs auf. Ich traf ihn am Arm und er schrie erneut, flog von der Wucht meines Schlags gegen die Wand. Blut quoll aus einer tiefen Wunde und vermischte sich mit Janas auf dem nun überall glitschigen Boden. Beim dritten Schwung hatten sich die Verhältnisse umgekehrt und ich stand nun über ihm. Als würde der Schrei mir zusätzlich Kraft verleihen, presste ich mit Gewalt alle Luft aus meinen Lungen vorbei an meinen Stimmbändern, während meine Fettaxt mit voller Wucht seine Schläfe traf. Er brach auf der Stelle zusammen und blieb liegen. Ich ließ die Butter fallen, ging flehend und heulend auf die Knie und rutschte durch das Blut und Milchgemisch in Janas Richtung. Durch die Tränen in meinen Augen konnte ich kaum etwas erkennen, aber ich drehte sie vom Bauch auf den Rücken und suchte am Hals verzweifelt nach ihrem Puls. Da war nichts. Kein Puls. Während ich mich hinunterbeugte, um zu sehen, ob sie noch atmete, sah ich aus dem Augenwinkel eine Bewegung. Meine Verzweiflung und Trauer machten mich so wütend, dass ich ohne nachzudenken in Rodrigos Richtung stürmte. Der hatte sich gerade wieder halb aufgerichtet. Ich stürzte mich mit marodierenden Armen auf ihn und warf mich prügelnd und kreischend vor Zorn nach hinten. Er taumelte, hielt seine Wunden und vermochte sich nicht mehr zu wehren. Ein Schritt nach hinten. Ein zweiter. Dann stolperte er über den zusammengebrochenen Tisch, versuchte sich noch zu fangen. Doch er fiel nach hinten über das Geländer vom Balkon. Ich hörte mein Schluchzen nicht mehr. Nur das unermüdliche Rauschen der Wellen. Wieder und wieder. Noch während ich die Polizei rief, zweifelte ich selbst daran, ob man mir das alles glauben würde, aber der Ort des Geschehens und die dort aufzufindenden Spuren untermauerten das von mir Geschilderte. Wie sich herausstellte, hatte der Besitzer des Bungalows keinen Sohn. Unter dem Balkon fand man Blutspuren, aber Rodrigo, wenn er überhaupt so hieß, war verschwunden. Es hieß die Wellen hätten seinen Leichnam davongespült, aber mit Gewissheit konnte das niemand sagen.

Es dauerte Jahre, bis ich das alles akzeptieren und halbwegs hinter mir lassen konnte. Presse, Psychodocs noch und nöcher. Ich kann heute noch kein weiß neben rot ertragen, bin seitdem nicht mehr unbewaffnet aus dem Haus gegangen und wenn Männer mich anlächeln, wird mir kotzübel vor Angst. Nur Butter geht. Butter ist super.

Verschenkt:

von: .... an: .... Datum: ....

von: .... an: .... Datum: ....

von: .... an: .... Datum: ....

von: .... an: .... Datum: ....

von: .... an: .... Datum: ....

von: .... an: .... Datum: ....

von: .... an: .... Datum: ....

von: .... an: .... Datum: ....

von: .... an: .... Datum: ....

von: .... an: .... Datum: ....

von: .... an: .... Datum: ....

von: .... an: .... Datum: ....

von: .... an: .... Datum: ....

von: .... an: .... Datum: ....

von: .... an: .... Datum: ....

von: .... an: .... Datum: ....

von: .... an: .... Datum: ....

von: .... an: .... Datum: ....

von: .... an: .... Datum: ....

Verschenkt:

von: .... an: .... Datum: ....

von: .... an: .... Datum: ....

von: .... an: .... Datum: ....

von: .... an: .... Datum: ....

von: .... an: .... Datum: ....

von: .... an: .... Datum: ....

von: .... an: .... Datum: ....

von: .... an: .... Datum: ....

von: .... an: .... Datum: ....

von: .... an: .... Datum: ....

von: .... an: .... Datum: ....

von: .... an: .... Datum: ....

von: .... an: .... Datum: ....

von: .... an: .... Datum: ....

von: .... an: .... Datum: ....

von: .... an: .... Datum: ....

von: .... an: .... Datum: ....

von: .... an: .... Datum: ....

von: .... an: .... Datum: ....

von: .... an: .... Datum: ....

Notizen:

Notizen: